老老介護は
100点を
目ざさないで

福岡 キコ

はじめに

この本を書き始めたのは、今年1月の新聞に載っていた、私と同じ82歳の建築家の安藤忠雄さんが紹介されている記事を目にしたからです。

完治しにくいと言われる膵臓がんを含む2度のがんを経験されても、今なお活躍されている安藤さんの、「目標がある限り青春」という言葉に感銘を受けました。

私自身を振り返ってみれば、子供達が独立し、夫が定年退職した頃から、カンボジアの子供達に日本語と英語を教えに行ったり、神戸市内の養護施設で英語絵本の読み聞かせをしたり、老人ホームに歌いに行ったり…と、楽しみながら続けてきたボランティアや、伝えたいメッセージを歌にしてオリジナルＣＤにしたりしてきました。

でも、約４年前に夫が難病にかかり、24時間全力で支える老老介護の日々を送るうちに、自分のことはほぼ忘れ、あきらめておりました。

安藤氏の言葉に励まされ、これから老老介護を始める方々に、私の体験が少しでも誰かのお役に立てれば――と思い、「この本を書く」という目標を立て、年のせいか震える手でペンを持つことに。

末筆になりますが、編集の労をとって下さった神戸新聞総合出版センターの堀田様、本木様に深謝いたします。

２０２４年クリスマスの前に
福岡　キコ

一．ある日、突然倒れた夫

（2019年、82歳）

食べることが好きで、自転車で走るのが上手な夫は、60歳で定年退職してから81歳まで、ほぼ毎日買い物を担当してくれていました。私は母を看送《みおく》った後で、趣味の歌や卓球を楽しみながら、〝英語絵本の読み聞かせ〟のボランティアとして忙しくしていた時期で、とてもありがたく思っていました。

夫も、73歳で前立腺癌の手術を受ける前まで、毎週地域の野球クラブで楽しんでいました。ところが、8月の買い物帰りに自転車で倒れていると知人から知らされて駆けつけると、ご近所の皆さんに助けて頂いて何とか立ち上がりましたが、体をそり返らせて私が全力で支えていないと歩けません。親切な隣家のご主人のご協力で、やっとの思いで帰宅できたけれど、本人も私も何が起こったのか分かりません。

しばらく横になったあと、夫は、「実は5月にも、買い物帰りに、公園近くの歩道で倒れて、自転車でつつじの木を少し傷めたと思う」と、申し訳なさそうに話してくれました。私に心配かけたくなくて黙っていたのだと思って後日私はその場所に行って、つつじさんに謝ってきました。がまん強い夫は、口には出しませんでしたが、その後も口数が少なくなって何となく元気がないので、自転車も買い物もやめてもらいました。

10月、以前から喘息《ぜんそく》で長年お世話になっていた神戸市立西神戸医療センターの内科医の紹介で、院内の脳神経内科を受診。様子を見ることに。

立ち上がりやすいよう、ベッドにしました。

二、パーキンソン病と診断される

（2020年83歳）

6月9日、忘れられない日になりました。

夜中の3時に「トイレに行く」と、ベッドから落ちて立ち上がれません。いざって、床に倒れそうで手を離せず、私が後から支えて3センチずつ進みます。夫婦で必死に頑張って朝の8時にトイレに着きましたが便座に座れず、2人で汗みどろになって自室に戻りました。手が離せず、水分も取れないで午前11時になっていました。8時間！

昨年倒れた後、介護認定を受け、「要支援2」で担当して頂いていたケアマネージャーさんに連絡をし、彼女の勧めで救急車をお願いしました。コロナ禍で入院が難しい中、夫が喘息《ぜんそく》で長年かかっていた神戸市立西神戸医療センターに緊急入院出来ました。

数日後、主治医から、パーキンソン病（進行性指定難病）と診断されました。お薬は1度に13錠にも。

コロナ禍で面会不可でしたが、娘の車で時々見に行き、病室や廊下での夫の姿を見てほっとしました。

7月、歩行のリハビリのため、徒歩でも自宅から40分位で行ける病院に転院しました。この病院でも「面会不可」は続いていました。

ここで、私は無い知恵を絞って、娘と2人で毎週1回、夫の姿を見ることに成功しました。

ランチタイムに、患者さんたちが大型テレビのある広い場所に集まることを知り、そのすぐ後のナースステーションに「着替えと週刊誌」を届けることを計画、実行しました。

5〜6メートル離れた所から夫はいつも、「宝くじ100枚買っといてやー」と叫び、私が「当たったら半分ちょうだいよー」と返すと、周りの皆さんが爆笑し、楽しい雰囲気になります（笑）。

ちなみに、夫のお小遣いの大半が宝くじに使われていたらしい。何十年も続けていたなら、かなりの寄付がどこに使われているのかしら？

グーグルでググってみると、出ました。

〝宝くじの収益金の使い道〟

高齢化少子化対策、防災対策、公園整備、教育及び社会福祉施設の建設・改修など…。

――なので、「まあいいか」としましょうか。

どちらの病院に入院中も、いつ病院からの電話があるか分からないので、毎日緊張しながら、夫の部屋の片づけや掃除をしたり、病院に届ける履きやすい靴を買いに行きました。また、着替えに名前を書いたり、娘の車で病院に行くなど忙しく落ち着かない日々を過ごしていました。

7月に転院した民間の病院でも、投薬とリハビリの日々が続きましたが、約2か月で立ち上がりと歩行が良くなってきて、少し安心しました。

夫の退院が近づいた時、介護福祉士として介護の現場を知っている娘と一緒に近くの介護施設2か所を見学して、リーダーのもと利用者の皆さんがリハビリ体操をしておられた、自宅から車で15分位のところに決めました。

9月9日、救急車で入院してからちょうど3か月後に夫は大好きな我が家に帰って来られて嬉しそう。

ケアマネージャーさんのお勧めもあり、戻ってきた体力を維持するためにデイサービスに通い週2回入浴などお世話になることに。12月からは同じ施設で月に1回のショートステイ（1泊）も利用し、休まず4年間通っています。

2020年は「要支援2」でしたが、2021年5月から「要介護3」になり、以降2024年の現在まで変わっていません。自宅でも月1回のケアマネージャーさんと訪問看護師さんの訪問と、週2回の理学療法士さんのリハビリを受けています。

現在、西神戸医療センター脳神経内科の主治医の診療は3か月に1度で、両手の震え、立ち上がり、歩行のチェックとお薬の処方をして頂きます。時には脳のＭＲＩ検査もあり、毎回、採尿採血して免血内科の医師の診察も受けます。

倒れてからこれまでの４年間には、脚の血栓で別の病院の血液外科でエコーを撮って血液を流れやすくする薬を処方されたり、車椅子で行けるバリアフリーの歯科と耳鼻科にも通院しました。

レンタルしている車椅子は屋外で活用し、家の中では出来るだけ自分の足で歩いて欲しいので、歩行器ぐーちゃん（「歩行補助具」では長いので、自宅に届いた機具につけたニックネームです）で、転倒しないよう常に後ろから支えて「イチ、ニイ」と声をかけています。

〈参考まで〉

特定医療費（指定難病）受給者証を取得するためには、各種手続きをするために区役所に行き、翌年からは主治医の診断書に加えて、受給者証、保険証、１年間の自己負担上限額管理表等のコピーを添えて郵送すれば更新手続きが出来、月間自己負担上限額が決定されてありがたいです。

三．救われた一言

お互いに歌うことが好きだと知り、会えば時々立ち話しをする70代の素敵な女性がご近所におられます。ご主人の車椅子を押しながら、いつも優しい笑顔でお散歩しておられたお二人。ある時、彼女が、「介護は100点を目指さないでね」と、私に優しく声をかけて下さり嬉しく思いました。

後日、ご主人の85歳までの10年間を日々24時間介護されながら、いつも笑顔で穏やかに過ごしておられた彼女にお話を伺いました。

「〝あれもしてあげたかった〟〝あんなのも食べさせてあげたかった〟などの思いを次に活かすこと。そして、自分では精いっぱい頑張ったと思う時は自分を責めないでね」と言って下さいました。同じ思いをすることのある私にとって、気持ちが少し楽になったひとことに感動し、この本のタイトルに使用させて頂くことをお伝えしました。

四．結婚59年の楽しい色々

22歳の時、神戸に在ったスウェーデンの商社に就職して夫と知り合い、翌年職場結婚した夫は、偶然、同じ高校の5年先輩でした。恩師の名前もあだ名で通じるのは楽しい。

夫婦共通の趣味は、映画館での映画鑑賞。海外旅行（パリ、ロンドン、ローマ、バチカン、香港、マカオ、中国、ハワイへは一緒に）。

夫の趣味は、野球（職場や地域のチームで60年間ピッチャーを）一筋です。プロ野球は巨人ファン。

私の趣味は、まず読書（息子も娘も、かなりの本好き）。卓球（但し、ピンポーンがポンピーンになるレベルで～す）。２００５年から、夫が倒れるまでの15年間、毎週１回の練習後、８人全員でお掃除して、お茶とおやつを食べながら話し合う時間も楽しかったです。帰りはすぐ近くのグラウンドで野球を終えた夫と２人で、知り合いの喫茶店でランチを楽しみました。今では良い想い出に。私は母ゆずりの阪神タイガースファン。

テレビで、野球、サッカー、テニス、バレーボール、バスケットボールなどの国際試合を応援します。

時々、時事川柳を作り、新聞に投稿しています。19回の入選作の中、気に入っている3句は、

☆オリンピック　始まる前に　疲れ果て

☆まあいいいか　飛鳥美人と　同じシミ

☆オールドケアラーもお忘れなく
たまには俳句になり、
☆花一輪　拾いて帰る　臥す夫《つま》に
また、オリジナル曲をいくつか作詞・作曲して、機会あるごとに老人ホームなどで歌っています。

文章を書くことも好きで、趣味の一環として『60歳のラブレター』というエッセイが募集されているのを知り、応募して採用されました。『60歳のラブレター』（NHK出版）に載っている、私から夫へのラブレターを紹介します。

「では行ってきますね。電話は五日目までは出来ない田舎なので…ご免ね。シェムリアップのホテルに着いたらしますから…」「うん、行っておいで」と、毎回優しくカンボジアへ送り出してくれるあなた。本当にありがとう！

六十の手習いで始めたクメール語のカタコトでの一人旅〝子供の家〟や〝地雷博物館〟での、笑顔の可愛い子供たちとの再会が楽しみです。

親達を看送《みおく》り、息子と娘も結婚して、あなたか私に介護が必要となるまでのほんの数年しかボランティアで海外に行けないから、もう少し行かせてね。実は、？？薄命で私が先に逝っても淋しくないように、今から一人暮らしに慣れておいて頂きたい私の親心、いえ、妻心でもあるのよ。野球三昧はいいけど、留守中ケガしないでね、誠治さん。

ここまで思い残すことのない人生を過ごせて、感謝していま
す。
これからも宜しく！

福岡キコ　神戸市（64歳）

現在82歳の私は、〝夫への恩返しの時間〟が与えられて感謝。

私は、歌うことが大好きで、30代から聖歌隊で歌い、40代でシャンソンを10年間習い、50代でジャズを10年間習ったあと、60代でオリジナル曲作りを楽しんで、70代でフォークソングを習い、80代で昭和歌謡――と、細々と歌い続けています。

毎年2回ある、音楽仲間との楽しい音楽祭の日には、ケアマネー

ジャーさんと介護施設のご配慮で、夫のショートステイ（お泊り）の日を合わせて頂き、感謝しながら楽しく歌って充電出来て嬉しい。翌日、帰宅した夫に報告すると、「それは、ええこっちゃ」と喜んでくれました。

20回目の昨年はホテルのステージで、♪「ジャニー・ギター」を英語で、22回目の今年5月は、♪「湖畔の宿」と気分を変えて。歌う人も楽器演奏する人も、愉快に盛り上げる司会者も目いっぱい楽しんでいるから、聴いている人たちも心から楽しめるのだと思います。音楽仲間は老若男女の集まりなのも良《い》い。若者は少ないが、私も含めて、皆が〝ヤング　アト　ハート〟のヤングです。

実力派の各自が、年中色々な場所でライブ活動も続けていて、スマホを見ると、「向かうところ客無しなので聴きに来て！」とユーモアあふれるPRがあったりするのも楽しいです。

夫が病気になった後も、結婚以来続けてきたお花見に車椅子で出かけています。遠出はできませんが、幸い、家の周りは桜がとても多く、美しく咲き揃い、ベンチも置かれています。3年前は缶コーヒーで乾杯し、2年前は2人とも缶を開ける力がなくペットボトルのお茶で乾杯し、昨年からはそれも開けられないのでヤクルトで乾杯しながら。柔らかい春の陽光と満開の桜に包まれて、「カンボジアのクメール語では、桜の花はプカサクラ、ツツジの花はプカツツジになるのよ」などと話したり。

公園のベンチで日光をあびながら、記念写真をパチリ！

五．友人の言葉に感動する

コロナの流行《はや》っていた時期に、夫がパーキンソン病の治療やリハビリで入退院を繰り返したり、自宅での慣れない介護で疲れていた頃、膵臓癌によって短い入院でご主人を亡くされたり、事故で突然ご主人を亡くされたお二人から、「介護出来てるキコさんが羨ましいわ」と励まされ感動しました。〝そうなのね、考えもしなかった。今を大切にしなくては…〟と我に返りました。

そこでふと母のことを思う。父が38歳で戦死した時、30歳だった母は、３人の娘たちを一人で育ててくれました。夫への介護の苦労はありませんでしたが、それに勝る苦労の人生だったことを思うと、それぞれ複雑です。

六．介護実践篇

5年近く試行錯誤の末、現在我が家で実践していることをお伝えします。

介護する人と、介護される人の体格の差によることで、大変さが違うと思います。我が家の場合、太ってはいませんが、身長差25センチと大きい夫の立ち上がりを助けたり、体位を変えるのは大変。

☆起床時

「お早うさん」と明るく声をかけ、ぬらしたタオルを30秒位電子レンジにかけて作った蒸しタオルで顔を拭きます。必要なら目薬をさします。ベッドからの立ち上がりは２人での共同全力作業です。９時間前後の間一度も寝返りせず、１００パーセント上向きで眠る夫の体を手前に横向きにして背中をさすり、首の後ろに私の右手を入れて頭を抱き起こし、次に右手をわきの下に差し込んで、「イチニのサン、四の五の六」と声をかけて完全に身を起こします。次に両脚をゆっくり床に降ろして、ベッドに直角に腰かけさせます。そして「ベッドからは立ちやすい！」を声がけします。ベッドの介助バー（手すり）につかまって立てたら、支えながら体を回して、ベッドのすぐ横のポータブルトイレにゆっくり座らせます。

☆ポータブルトイレを使用

リハビリパンツやパッド交換。

☆食卓にぐーちゃん（歩行器）で移動

「さあ、今日も立ちましょ、歩きましょ!!」と声かけをします。ポータブルトイレから立ち上がる時は、わきの下や腕や手を持ち、歩行器で歩く時は転ばないように後ろから腰を支え、「イチ、ニ」とか「ワン、ツー、ワン、ツー」と励まして。食事の席では回転椅子が、座ったり立ったりする時に便利です。

椅子に座っている時は肩を抱くなど、スキンシップを。

☆手を消毒して食事

パーキンソン病は両手がひどく震えるので、お箸、スプーン（大・

小)、フォーク（小）などを用意して、なるべく自分で、好きなだけ食べるように。

☆会話しながら楽しく食事その他の時間を過ごします。スポーツや動物や、世界のニュースなどを話題に。新聞を見ていたら、「声を出して読むのもいいらしいよ」と話してみたり。体力をつけるため、なるべく座っている時間を長くします。

☆歯間ブラシ、歯ブラシを使い、口をすすぎます。

☆食後のお薬を飲む

4年前の発病時と比べれば4分の1ぐらいに減っています。主として、手のふるえや筋力の衰えを改善するお薬。

☆褥瘡《じょくそう》を予防する

昼間も夜も、夫はベッドでは100パーセント上向きに寝るので、褥瘡を予防するため、体の下や横にクッションやバスタオルを差し込みます。

☆物忘れがひどくなる

1分前のことも忘れて何度も質問された時、プライドを傷つけないように、「さっきも言ったけどー」と言わないで、「あ、それはね…」と、初めて聞いたように答えます。時には介護者はアカデミー賞ばりの演技をしましょう。

☆「介護用品レンタル」を利用

体調の変化に合わせて借り換えが出来て便利。なので車椅子、歩行器、ベッドや椅子からの立ち上がりをサポートする手すり、ベッド、ベッド用マットトレス、ベッド用サイドレール、ベッド用回転式アーム介助バー、車椅子用スロープなどをレンタルすると便利です。但し、ポータブルトイレとバスタブの中に入れる椅子は買い取り。

☆介護保険の利用

室内の手すり取り付け費用や、買い取りの介護用品代は、「要支援1」から「要介護5」の人まで、収入によって1割～3割の個人負担になります。

☆リハビリパンツ（紙パンツ）は、色々試して選びましょう。
使い方も、パッド（大・小）を併用したり。

夜はリハビリパンツを2枚重ねて、起床時に内側のパンツを破ってはずせば、ズボンの脱ぎ着が要りません。

☆認知症っぽくなってくる
食事をしたことも忘れ、本人も不安だと思うので、毎日同じ言葉で、「手すりを持って横歩きーー」のように声がけをして、規則正しく過ごします。

時には、「今日は何月何日でしょう？」と尋ねてみたり。

介護者が買い物で短時間外出する時は、ホワイトボードに行き先を書いておきます。

☆車椅子の押し方や、ポータブルトイレの扱い方は、すぐに慣れます。

☆デイサービスの利用を

週に2回、入浴、昼食、おやつ、スタッフさんや利用者さんとの交流、送迎でお世話になっています。持ち物に記名し、タオル類や着替え、パッドなどを持参します。

デイサービスを渋る時は、「お風呂に入りに行くのよ」と。

根が真面目な夫は、4年間一度も休まず通えています。

☆ショートステイの利用も

ショートステイとは、月に何日か「お泊り」出来ること。個室でテレビ付き。持ち物には全て名前を書き、お薬も分かりやすく「・・食後」と。

4年間、月に1泊しています。（1泊だと入浴はない）

ケアマネージャーさんが「これは介護する人のためにも必要ですよ」と勧めて下さいます。私も素直に受けて月1回のヴォイストレーニングに出かけています。

時には、親友と女子会を。

☆介護者の心身の健康が大切

老老介護は24時間忙しい感じで、気を張っています。朝晩ストレッチなどをしても、目覚めた時は全身が痛く、よろけたりもします。

睡眠不足で、外を歩いていても眠ってしまいそうな時は、20分ぐらいのお昼寝をしましょう。

重い買い物はリュックで背負い、ゴミ捨てには車椅子の利用を。

☆夫がデイサービスやショートステイに出かけている間にすること

1　まず窓を開け、新鮮な空気を入れて、ベッド周りや部屋の掃除をします。
2　寝具（シーツや掛け布団、タオルケット）をチェックし、洗濯や交換をします。
3　介護用品の買い足しに行きます。

4　必要があれば、銀行や区役所に行きます。

5　介護者によっては、病院、歯科、眼科などに行っておくように。

6　介護者が疲れていれば、20分位のお昼寝や、音楽や読書などで充電して。

7　笑顔で「おかえりなさい」と優しく出迎えられるように。

七．息子夫婦・娘夫婦たち

息子は中学生の頃から私と同じ教会に通い、大学卒業後に就職した上場会社を数年後に退社し、アメリカに留学。帰国後に神学校を卒業して、現在仙台市でキリスト教会の牧師をしています。息子夫婦とは年に1～2回の帰省時にしか会えないが、会えば父親の立ち上がりを支えてくれ、夫も嬉しそう。

〝寄り添うこと〟は大切ですね。

車で1時間の兵庫県三田市に住んでいる娘は、父親の通院日前夜に来宅して車で送り迎えしてくれます。病院ではテキパキ動いて手続きし、帰りには重たい介護用品の買い物をしてくれて大助かり。

夫と私へのプレゼントは、いつも夫婦で選んで、センスのいい物を贈ってくれて嬉しい。

全員でグループラインをしているので、夫の様子もよく伝えられて便利。

娘も息子の妻も介護福祉士の資格を持っているので、分からないことを教わることも出来て安心です。

夫の両親や兄弟も、私の実家も、皆、ユーモアが通じて楽しい。我が家でもしっかり受け継がれているようです。例えば、27年前に息子から「結婚式をハワイで挙げる予定です。宜しく。」と聞いて、家族で楽しみにしていた時、息子が、「皆、ハワイ・ハワイと騒いでいるけど、何しに行くのか分かっているやろね」と言うと、娘はすかさず「買い物！」と返して面白かったです。実際彼女は帰国前夜の遅くまでフェラガモの靴を探していました。

ハワイでの結婚式は、日本から所属教会の牧師ご夫妻をご招待して司式をお願いしました。普段はとても多忙な牧師御夫妻におかれましても、リフレッシュの数日間を過ごして頂けたのではないかと思っています。

オアフ島の街を私が色留袖を着て式場のホテルへ歩いていると、街の沢山の通行人が、「Congratulations!」と英語で声をかけて下さいました。アメリカ人はフレンドリーで楽しい。娘は当時25歳でしたが「Are you a junior high school student?」と言われて、「中学生と言われたァ」と笑っていました。私が41歳でアメリカ13州を旅して、ウィスコンシン州のレイク・ミルズで、ホームステイ先の家族が通う教会に着物で同行した時も、「14歳」と紹介されて驚きました。「日本人は若く見えるョ」ですって。本当かしら。私が小柄だからでしょう。

帰国後、「Lake Mills」の名前入りのTシャツを着て家族で京都の街を歩いていたら、向こうから来たアメリカ人が笑顔で、「オオ、レイク・ミルズ！マイタウン」と握手して来られたのは楽しい想い出。

家族でハワイに出かけた前年、１９９５年の阪神・淡路大震災の時のことです。あの年の1月17日は連休で、たまたま息子が来て泊まっていました。早朝にグラグラとピアノも動いた大きな揺れ!! 眠っていた夫の上に、着物好きの私が２００パーセント詰め込んでいた重たい和だんすが飛んできました。苦しむ父親を、27歳の息子は、聞いたことのないスゴイ声を上げながら助け出しました。父親にとっては、命の恩人です。その上、明石市で息子が一人で借りて住んでいた小さな家はほぼ全壊だった由《よし》で、お互いに救われて本当に良かったと思います。

八．置かれた環境で楽しく過ごす

介護で疲れる心身を癒やすには、小さなホッとやすらぐ時間を作ることです。例えば、食卓に好きな花を飾って、お花見で食事すると、夫も「この花は何？きれいやな」と喜んでいます。私が、「これはね、アルストロメリアよ」と答えると、「舌を噛みそうな名前や」とつぶやいています。

そして、私が何より楽しみに待っているのは、近くのカフェで、月に一度、なんでも話せる親友との「女子会」です。クリスチャン同志、聖書の話も出来て嬉しい。

また、神戸小学校の同級生で70年以上の友人2人とも、毎年一度の「3人会」で食事をしながら近況を報告し合うのが楽しい。1人は女性で83歳の今も現役の医師。「今日は日帰りで青森で診察してたの」とさらりと話し、もう1人は男性でいくつもの合唱団で活躍中。大人になって再会したら3人ともクリスチャンになっていました。まさにアメイジング グレイス（驚くばかりの主の恵み）です。

歌うことが好きな私は、長い間細々と歌い続けていて、月に一度のヴォーカルレッスンを受けて、自作の歌や好きな歌を歌うことが楽しい。ちなみに、かつて私のオリジナルCD、♪「人生の四季の歌」の歌詞に〝人生の冬　やすらぎの時〟と書いたのは、元気な時で早計（？）でしたねぇ。やすらぎではなく、〝波瀾万丈〟で〜す。

九．生活の中で、ちょっと楽しむ工夫を

☆眠っている夫を起こす方法は、電子レンジで作った熱い「蒸しタオル」を振りながら、「美人（⁉）が襲うよ」と顔を拭きます。

☆くず入れに、ゴミを投げ入れ、「スリーポイント！」

☆重い引き出しは、ひざか足（⁉）で閉めます。

☆室内で使う歩行補助具を、「ぐーちゃん」とニックネームで呼

んでいます。

☆車椅子で重いごみを捨てた帰りに、外廊下をスイスイと車椅子に乗って走るのが、今の一番の楽しみ。

☆もちろん、テレビやＣＤに合わせて夫婦で合唱するのも２人の楽しみ。

☆フツーの家事に取られる時間を減らしましょう。トイレ介助などにかかるケアや毎日の洗濯などの家の中での用事や、毎日使う介護用品の買い物、デイサービスやショートステイ（１泊）などへの持ち物や連絡帳の記入などを、高齢の介護者が１人でこなすには、かなりの体力と精神力を要するし、〝あ〜しんど！〟となります。

80代では、朝起きた時も全身が痛かったりもあるので、寝る前と起床時に数分間、全身のストレッチをします。

そこで、フツーの掃除・洗濯・料理などを少し簡単にします。

☆毎日がとても忙しいので、家の中で歩く動線を考えて動きましょう。

（例）①各部屋のごみ箱の他に、ベッドサイドに小さなビニール袋をつけて、ごみ箱の支店を作ると、便利に省エネ出来ます。

ちなみに私（キコ）のそれを「Ｋブランチ」と呼んで楽しく使っています。

（例）②家の中の用事（動き）を、行く場所への必要を3つぐらいまとめて済ませます。

（例）③テレビでの好きなスポーツ観戦（サッカーや野球の国際試合と、阪神タイガースなど）は、部屋ごとのテレビをつけておき、家の中を動いて用事を片づけながら応援します。「がんばれ！あと1人！あと1球！」と。

十．多くの「人」「物」「こと」に感謝

「人」

多くのお世話になっている皆さんに感謝していますが、中でもケアマネージャーさんは毎月来宅して夫の様子を見たり、私の体調や困りごとを聞いて下さいます。その上で、毎月の介護計画を立て、介護施設とは密に連絡を取って、私がたまに友人に会ったり音楽祭に参加できるよう、応援して下さって本当に助かります。

次に、デイサービスやショートステイ（１泊）の送迎や入浴、食事やトイレのお世話を有難く思います。訪問看護師さんに爪を切っ

て頂くのを夫は楽しみに待っています。立ち上がりや歩行のリハビリ訪問をして下さる理学療法士のAさんとTさんは、夫によく話しかけて下さって声のリハビリにもいいですね。

そして、何かと気遣って下さるご近所の皆様と、4年間いつも夫と私のために祈って下さる教会の皆様、歌の仲間、友人の皆さんに支えられて、何とか5年目を過ごせていることに、この場を借りて感謝申し上げます。

「物」

毎日使うたびに感謝しているのが、両サイドが手で破れるリハビリパンツと、汚れが落ち易いポータブルトイレです。

そして、テレビ放送。家ではベッドに居る時間が長い夫には有難く感謝しています。居ながらにして、世界の美しい景色や可愛らしい動物が見られます。夫の好きな野球やゴルフ、時代劇や歌も次々と放映されて楽しんでいます。

私が子供の時代は、テレビも車椅子も無かったので、ご近所の寝たきりのお年寄りは、「1日中天井の模様を見ているだけ」と淋しそうだったことを覚えています。

今では、テレビでオーケストラの演奏を楽しんだり、歌番組を見ながら一緒に口ずさんだり。世界のニュースを知ることが出来て有難いです。「スマートフォン」も便利ですね。手が震えて手紙を書きにくい私でも、スマホでラインやメールならできます。

「こと」

全てのことに感謝の日々。「全てのこと」には試練さえも含まれます。その時はつらくても、自分を成長させてくれます。

今年亡くなられた星野富弘さんも、若くして大怪我で大変な試練を受けられましたが、努力して口でくわえた筆で素晴らしい絵を描いて、人々に感動を与えられましたね。

十一．頑張っている夫、誠治さんにも感謝

夫は根が真面目なこともあり、デイサービスとショートステイには4年以上休まず通って、週2回入浴も出来ています。

話は1分後に忘れるがユーモリスト。物忘れの上手な、認知症っぽい夫と私ではありますが、古いことはよく覚えているので、一緒にニュースを見ながら会話を楽しんでいます。

例えば、「パリのオリンピックの開会式はセーヌ川でするそうね。メールヴェイユ！（すばらしい！）。私たちが行った時に、川沿い

のレストランで食事して、セーヌ川のお船に乗ったねェ」「そやなぁ」…などと思い出を語り合って過ごしています。

昼間は時々、「熱いお茶が欲しい」などと私を呼ぶこともありますが、私が疲れて夜熟睡している時は、一度も起こさないでいてくれます。認知症っぽくなってからも変わらないことに驚き、これは夫の本質的な優しさだと思います。〝家が大好き〟な夫が、夜、軽いいびきをかきながら、

頑張っている夫、誠治さんにも感謝（撮影：竹本 彰）

安心しきって眠っている姿を見ると、私もホッとして嬉しくなり、疲れも忘れられます。

また時々、「このテレビが終わったらごはん食べる?」と、ベッドから私に尋ねる夫は、可愛らしく、愛おしい!

「お腹が空いたのね。今日は早目に用意するね」と笑顔で返します。

一緒に頑張ろうね、誠治さん。

十二．80代によく起こること

老老介護の介護される方もする方も、80歳を超えるとやはり大変です。個人差の大きい80代なので一概には言えませんが…。

ひざ痛――夫婦ともに感じています。朝起きた時の第一歩や外を歩いている時に、急に「ギクッ」と痛みます。車椅子を押して横断歩道を渡る時は心配になります。

背骨の圧迫骨折――夫が、「背中が痛い」と言うので、パーキンソン病で通院の折にレントゲンを撮って頂いて判明。但し、医師から「数か月で自然に治りますよ」と言われて、その通りでした。時々痛み止めを飲みました。

目――若い時から近視だった夫は、ずっと視力が良かった私より老眼になるのが遅かったです。今でも夫は眼鏡なしで新聞を読んでいます。

耳――私は70歳位の時、急に耳が聞こえにくくなり耳鼻科で検査して頂きました。医師から「特に問題ないし、生涯補聴器の要らない良い耳ですよ」と言われた言葉はちゃんと聞こえました。嬉しいおまけ付きの診断にスキップしたい気持ちで帰宅したことを覚えています。

夫は昨年テレビの音を大きくするようになり、バリアフリー対応の耳鼻科へ車椅子で出かけました。丁寧に耳そうじして頂いて、生まれて初めて水で洗って頂き、にっこり笑ったので先生も喜んで下さいました。

歯――50代、60代で総入れ歯の人も居られるが、夫は85歳まで虫歯なし。82歳の私も29本の歯が残っていて嬉しい。私は2か月ごとに定期健診をして頂いています。素敵な先生で、毎回長時間かけて丁寧に歯石を取り色々教えて下さいます。帰りにはいつも「歯間ブラシをしっかり使えていて、丁寧に良く磨けています」と、励ましの「口腔衛生管理」の紙面に詳しく記入して、「一緒に頑張りましょうね」と言って渡して下さいます。歯が丈夫なのは、子供の頃に毎日、瀬戸内海で獲れる新鮮なお魚を食べ、おやつに時々母が、あなごの骨を甘辛く香ばしく焼いて食べさせてくれたからかしら。

鼻水――私はほとんど風邪も引かないし、70代までは〝鼻をかむ〟習慣がありませんでした。

ところが今は、とても頻繁に水のような鼻をかむので、家事の邪魔になるほど。一体この水分はどこから来るのでしょう？私は干物になりそう⁉

医師によると、「年齢的なもので、敢えて名前をつけるとすると、凝縮性鼻炎《ぎょうしゅくせいびえん》」の由《よし》。ティッシュペーパーはよく減るが、痛くもかゆくもないので我慢しています。クシュン！

皮膚――自作の曲、♪「3度目の成人式」で、〝シミ、シワ、シラガも個性のうちと、ユーモア心を忘れずに―〟と、60歳で歌ってきた身としては、80代では複雑。顔のシミは、子供たちが幼い頃、私も一緒に（日焼け止めも塗らずに）お砂遊びをした勲章と思うことに。そして身体のあちらこちらがかゆくなります。論文を書きたくなるほど（⁉）身体の左右対称がかゆ～い！

ばね指――年配の女性に多い。私の場合は右手の中指が痛く、第2関節から曲がっています。整形外科医から、「指を曲げずに左手で強く引っ張るように」と言われ、ピアノに「50年間楽しかったね。ありがとう、さようなら」とハグしてお別れしました。包丁が使いにくい。

身長——最近測ると9センチも低くなっていました。ベランダで洗濯物を干すのも、ジャンプしたり、ハイヒールをはいたり（!?）と、一苦労です。

夫も、家ではぐーちゃん（歩行器）を押して歩くので、背中が丸くなり、身長も低くなっています。

声——マイクで話すのが好きで、結婚式やコンサートの司会をしていた頃に比べると、話すのも歌うのも低い声になってきて残念。キーを下げたり、ヴォイストレーニングをしたり。

介護生活で歌わない日々が4年以上続くと、フロ歌手になりま〜す。

家族や恩師や友達とのお別れ――これはもう切なすぎて、♪「ありがとう　そして　さよなら」と夜空の星にそっと歌うしかありませんね。

そして、他にも

「体の動きが鈍くなり、何をするにも時間がかかる。歩き方も、字を書くのも遅くなる。物忘れが進み、お顔が浮かぶ方でも、お名前が出てこない。１日のうち、探し物をする時間が多くなる」ということも起こってきます。

この辺で、介護から少し話題を変えたく思います。

十三. カンボジア訪問のこと

『60才のラブレター』で紹介したカンボジア行きは、2004年～2007年に5回だけだけど、私の人生の深くて楽しい体験です。

風も　人も　優しいカンボジア

1　なぜカンボジアなの？

「60歳を過ぎて、暑くて虫も多い所へよう行くわねェ。なんでまた…」と友人知人に言われながら、ルンルンせっせとリュックに荷物を詰める私。頭の中で、"だって出会っちゃったんだもんネ"とひとりごと。

きっかけは、幼児から成人までを対象に、数年前から始めた〝英語絵本の読み聞かせ〟の活動で、〝ありがとう。地雷ではなく花をください〟や、〝世界がもし100人の村だったら〟を取り上げて、「もしもたくさんの私たちが、この村を愛することを知ったならまだ間に合います」という言葉に出会ったこと。また、ちょうどその頃、栗本英世氏のお話を聴いたこと。8年前からカンボジアに住み、村の子供たちへの識字教育のために、地雷の村で（地元の人々の要請で）18もの小学校を造って1人ボランティアとして頑張りながら、日本各地で講演しておられた立派な方だ。講演会場に並べられた色々な地雷と、手足を失った子供たちの写真を見て、胸がつまった。その行動力に感動し、私にも何かできないかしら？

まず自分の足でカンボジアを歩き、目と耳と肌で感じて来よう。その後で考えることにする。が、62歳の腰痛持ちの私に残された元気な時間は多くない。

2　楽しいクメール語の学び

カンボジアへ行くなら、簡単な現地の言葉を覚えて行きたいもの。早速、神戸市内のいくつかの図書館を訪ね、カンボジアのことを調べ始めたものの、資料はとても少ない。タイ語、ベトナム語は、近年、日本でも講座も開かれるなど、少しずつ知られてきている。が、クメール語（カンボジア語）の本は、どの図書館にも1～2冊しかない。

絵のような可愛い文字は横書きだが、左から読むのか右から読む日本語のかチンプンカンプン。どんな発音か？　構文は？　これは、日本語か英語の分かるカンボジア留学生に教えて頂くしかないなァ…と考えて、留学生会館を訪問。幸い、大学院生のSさんという優秀な青年と交換教授が可能になった。彼からクメール語を習い、私が日本語とピアノをお手伝いすることに決定。ラッキー。

分かったこと。文字は常に横書きで、左から右へ、書いたり読んだりする。33個の「子音文字」に23個の「母音記号」を組み合わせて単語を作る。暗号解読の楽しさ（苦しさ⁉）で、認知症防止にも良さそう。「私」のことは「クニョム」と言う。発音はとてもしにくく、日本語話者には厳しい。文の構成は英語に近い。が、形容詞は、それを説明する名詞のあとに付ける。「大きな市場」は、「プサー（市場）

トム（大きい）」となる。

3　初めてのカンボジア（プノンペン↓シェムリアップ↓ポイペット）

クメール語を学び始めて半年後の2004年9月、16日間の予定で、神戸学院大学のN．P．O「NERC（活動教育研究センター）のメンバーとして、14名の大学生と担当教授と社会人2名でカンボジアへ。約5時間半のフライトでタイへ。トランジットのバンコク空港からプノンペン空港へ飛び、いよいよカンボジアに入る。日本との時差は2時間（戻す）。気温は日本より少し高い35度ぐらいだろうか。湿度は同じぐらい。

迎えのマイクロバスの窓から、首都プノンペンの朝の3〜5人相乗りバイクが東西南北に走り回る活気あふれる光景には驚いた。スゴ〜イ、皆《みんな》、元気！　屋台や1ドル食堂で朝ごはんを食べて仕事に向かう人々。食事は、ごはんの上におかずを乗せて食べる。どれも味は美味しい。

私たちは5日間、毎日、午前中と午後一か所ずつ、郊外の村へ移動図書活動に出かけ、可愛い子供たちと歌ったり、踊ったり、折り紙で遊んだりカンボジア人のスタッフによる絵本の読み聞かせや紙芝居をする。貧しい村での識字率は30％と低い所もあり、字の読み書きが出来ない親は、子供たちが字や絵や本に接する姿に目を細めている。平和が戻った今、子供たちも学校が大好きだ。村の小さな子供の数人はスッポンポン。でも、お行儀よく胸の前で手を合わせて「チュムリアップ スオ（こんにちは）」と笑顔で言ってくれる。ある1日は、キリングフィールドとツースレンの収容所を見学し、ポルポト時代の悲惨な歴史の跡に胸が潰れる。敷地内に咲いていた香りのいい白いプルメリアの花に救われる想い。涙があふれて止まらない。

6日目にマイクロバスで7~8時間かかって観光地シェムリアップへ移動。車中は賑やかな国際交流の場。早速、翌朝にアンコールワット中央から昇る日の出を見に行く。日の出の30分前から、世界各地からの観光客とおしゃべりしながら待つ。日本ではまだ熟睡している夜明け前に、カンボジアでカナダ人と話していることが夢のようだ。〝旅〟は非日常を味わうには最高の手段である。半日、世界遺産のアンコールワットを歩いて見学して疲れた頃、灰色の雲が空一面をおおったと思った瞬間、「ざーっ!!」と、バケツをひっくり返したような雨。プリヤンという。雨期なので、16日間で7、8回の凄い雨。舗装していない道は、たちまち川か池に変身する。別の日に、シェムリアップでは良く知られている〝アキラの地雷博物館〟を訪ねた。アキラ氏は留守だったが、たくさんの地雷の展示物や資料を見たり、そこで共に生活している手や足を地雷で失った10数名の少年たちと話し合った。特にダー君（18歳位）は、英語も日本語も上手。友達になった記念に一緒に写真を撮り、後日、日本からパソコンでメールもした。

最後の6日間は、3人の大学生と私の4人だけで、タイとの国境に近いポイペットの田舎にある「C.C.ホーム（カンボジア子供の家）」で過ごす。日本で栗本さんの講演を聴いたたくさんの人々が、〝スタディ・ツアー〟で訪問するようになり、その人たちの宿泊用にとカンボジアの人と日本人が一緒に、誇らしく鉄筋コンクリートの「C.C.キャンプ」を建てて10日前にオープンしたばかりだった。シャワーと水洗式トイレもあって、スゴイ。「C．C．ホーム」のお父さん、お母さん、その子供たち、色々な事情で親元から離れてここで働きながら通学している子供たち、エイズなどで両親を亡くした幼い子供たち、カンボジア人スタッフ、日本人スタッフ、スタディ・ツアーのゲストたち、…犬、にわとり、ひよこ、どろぼうカメ虫（と私は呼ぶ）、ヤモリと大家族。何とも和やかで居心地がいい。働いたり、台所を手伝ったり、一緒に絵を描いたり、歌ったりして、食事もとても美味しい。また、クメール語、日本語、英語とお互いに教えたり、学んだり。中学生の頃から50年以上宵っぱりが治らない私も、ここでは早寝早起きのカンボジア流。目覚ましは、「コケコッコ〜〜！！」の立派な鳴き声。（1羽だけ、一日中鳴いているのが居る）

4　再会の喜びが生きる力に

かつて、英会話講師という仕事がら英語圏を中心に10か国位を旅していた40~50代の私にとって、旅の中心は美しい風景の場所を観光することだった。が、若い知り合いの1人に、ブラジルのアマゾン地方ばかり繰り返し訪ねる女性が居て、私が、「遠いのにまたブラジルなの?」と驚いた時、彼女が一言、「人よ、人」と答えたことを思い出した。

先月(2005年8月)、N.P.O.モニティの4人の中高年メンバーで、約1年ぶりに「C.C.ホーム」や、アキラの地雷博物館を訪ねて、懐かしい人々との再会を喜びながら、確かに〝人よ、人〟だと、彼女に共感を覚えた。

今回は、少しはクメール語で話し合ったり、英語やピアノを手伝うことも出来て一層楽しかったし、喜んでいただいた。また、昨年は少し心を閉ざしていた小学生の姉妹がとても明るくなり、よく笑って、でこぼこ道を散歩しながら大事なおやつを、「キコさん、どうぞ」と私の口に入れてくれたりした。両親に代わって、C.C.ホームの大家族から愛情いっぱいに育ててもらっているから、心身ともに成長できたのでしょう。私は、子供たちの歌をテープに録音して日本に持ち帰り、時々聴きながら、〝また行くからね〟と心の中で呼びかけている。

今回の地雷博物館ではアキラ夫妻ともゆっくり話し合えた。最近は、韓国からの見学者も増えているようで、少年たちは、たくましく「アニョハセヨ!」と迎えていた。地雷で右ひじから先を失っているダー君は、「試験に合格したので10月から高校生になる」と喜んで、満面の笑み。「おめでとう。よかったねえ」と私がさりげなく左手を出すと、嬉しそうに左手で握手してくれた。地雷で片足を失ったものの両手のあるハック君は、内気だった昨年と比べると見違えるように自信にあふれた明るい若者に成長していた。1日置きに、新しく出来たアキラの地雷博物館ギャラリーで子供たちが演じているミュージカルでは、ハック君は二胡を上手に弾いて、世界各国からのお客さんから拍手をもらって嬉しそうだ。子供たちは音楽を知って世界が広がり、これからの人生が豊かになることでしょう。〝よかったね――〟と、私も歌を作ったり歌ったりしている者の一人として、心から嬉しく思った。

5　人と花と星空に魅《ひ》かれて

まずは人。優しくてシャイなカンボジアの人々。こんな優しい人たちが、ある日突然に為政者の方針で同じ民族を殺傷した悲惨な歴史は未だ遠い昔のことではありません。私が歌っていた時、「私も若い時は歌手だったの。でもポルポト時代にのどを傷つけられたの」と聞いて、当時、知識人や文化人が多く迫害されたことを思った。

近年、色々な国の援助で病院や学校が建てられてはいても、カンボジア人医師や教師が不足しているという事実もある。少しずつ良い方向へ向かうよう国の将来のために尽くしたいという日本で学んでいるカンボジア留学生の思いを聞いて頼もしく思い、常々〝頑張っている人を応援したい〟という単純な私は、彼らにエールを送っている。

次に花。クメール語で「花」のことを「プカー」というう。私の大好きな火炎樹の真紅の花は、「プカー　クロンガウというらしい。〝南国に似合う、ドキッとする美しさ〟だと、知人からの写真や本で見て、歩いていても、バスやタクシーの中からでも木を見上げている私に、誰もが、「4月か5月によく咲いているよ」と教えてくれた。C.C.キャンプにも植えられていることが分かり、成長が楽しみ。今年8月の日本へ帰る日、タイとの国境でついにこの目で、わずかに咲き残っていた、いとしのプカー　クロンガウに会えた。「初めまして」と声に出した私。

そして星。昨年9月にC.C.キャンプで感動したことの一つは、美しい満天の星空。1等星がゴロゴロ、老眼の私にもよく見えて、学生時代に星座名をもっとよく覚えていればよかったと悔いたほどでした。でも、今回は、タイとの国境近くに出来たカジノのネオンが明るいせいと、雲が多かったことで、憧れの星空を少ししか見られなかった。心残り。

こんな魅力のあるカンボジアの人と土地に人生の最終章で出会えたことは、同じアジアの一員として感謝で一杯。理解して（協力して）行かせてくれる夫（68歳）にも、とても感謝している。思うに、親を看送《みおく》り、夫が無事定年を迎え、息子と娘もそれぞれ結婚した今、夫か私が要介護者になったり、海外に出かける体力がなくなるまでの時間は、長い人生の中のほんの数年間だと思いながら、その貴重な日々をいとおしく大切にしているこの頃である。

時々、神戸大学大学院のカンボジア留学生たちを、夫と相談して私宅に招き、一緒にコロッケを作って楽しみました。博士号の取得を目指して6年間ぐらい夜中まで勉強しているS君とK君に「あなたたち、博士号を取ってカンボジアで就職するより、コロッケを作って売る方がいいんじゃない？（笑）」と冗談を言ってからかうほど、初めてにしては上手だったので…。カンボジアでは、イナゴやコオロギを揚げて売っていましたが、コロッケはなかったから、きっと売れるでしょう。

また、月に一度、寮の音楽教室でピアノや楽譜の見方を教えに通ったりして交流したのも、楽しい想い出です。

♪好きです　カンボジア
（クニョム　スローラン　カンプチア）

作詞／作曲　福岡キコ
唄　　　　福岡キコ

1．カンボジアが　好きです
〝チュムリアップ　スオ！　こんにちは。〟
活気あふれる　プノンペンの朝
相乗りバイクで　東西南北　忙しく
平和が戻って　誰もが笑顔です

2．カンボジアが　好きです
〝ソクサバーイチアテ　お元気ですか？〟
皆なの誇りの　アンコールワット
世界中からお客様です　地雷博物館
平和を見守る　誰もが　笑顔です

３．クニョム　スローラン　カンプチア

〝オークン　ありがとう〟

ポイペトの田舎の村の　小学校

笑顔が可愛い子供たちが　学びます

平和よ続けと　誰もが　願います

（間奏）

４．カンボジアが好きです

〝リアハウイ　さようなら〟

緑の畑に　白い牛

風も人も優しく　星もきれいです

又　訪《たず》ねたいと　誰もが願います

真紅《まっか》な火炎樹の花　心に残り

（ゆっくり）平和よ続けと　一緒に祈りましょう

(クメール語訳)

១. កម្ពុជា. ខ្ញុំស្រឡាញ់ (ដោយ. សុខធី) by. Sokty

(ខ្ញុំស្រឡាញ់កម្ពុជា)

クニョムスローラン カンプチア

1. ខ្ញុំស្រឡាញ់ កម្ពុជា.

« ជំរាបសួរ! [illegible] »

[illegible]

[illegible]

[illegible]

2. ខ្ញុំស្រឡាញ់ កម្ពុជា.

« [illegible] ? »

[illegible]

[illegible]

[illegible]

3. កម្ពុជា [illegible] ។

« [illegible] »

[illegible]

[illegible]

[illegible]

4. ខ្ញុំស្រឡាញ់ កម្ពុជា

[illegible]

[illegible]

[illegible]

[illegible]

[illegible]

[illegible] ។

↑ ♪『好《す》きです カンボジア』(作詞《さくし》・作曲《さっきょく》・唄《うた》 By 福岡《ふくおか》キコ)

キコのオリジナル曲、♪「好きです カンボジア」のCDを喜ぶ
孫のような子供たちと私、カンボジアの地雷博物館にて

十四．「英語絵本の読み聞かせ」のボランティア

子供たちが集まる児童館や学童保育所、児童養護施設、時には老人ホームや地域や教会のクリスマス会などで、絵本と英語好きの私は20年前から英語と日本語のバイリンガル読み聞かせのボランティアを続けてきました。カンボジアではカタコトのクメール語も加えて。

人気の絵本は、「だるまさん」シリーズ、「はらぺこあおむし」、「どろんこハリー」。「大きなかぶ」、「地雷ではなく花をください」など。

こべっこランドに毎回来てくれる親子は、「大きなかぶ」では、私が〝ウーフ、ウーフ〟と言うと、子供たちは「よいしょ、こらしょ」と大声で合わせてくれます。可愛い。私も負けずに、〝大平透声優ゼミナール〟修了生として、声色を駆使して応えます。

「大きなかぶ」を引き抜くために猫がやって来た時の日本語は、「これは大きなかぶだニャー」。犬がやって来て「これは大きなかぶだワン」。ねずみの時には「これは大きなかぶでチュー」と訳して盛り上げます。そして、「Finally it Pulled out!」「やっとこ抜けた！」となります。「ああ、しんどッ」。

市内の養護施設には毎月1回、私がカンボジアから帰国して体調を壊すまでの5年間ぐらい通って、アルファベットの歌や英単語ゲームなどで遊んだり、英語と日本語で絵本のバイリンガル読み聞かせをしていました。

家庭の色々な事情で親と離れて暮らしている、0歳～5歳ぐらいの10名前後の子供たちが対象でした。私の英語のニックネーム〝Joy〟に「さん」を付けて「ジョイさん」と呼んで待っててくれて、「ジョイさんはお姉さんとちがうで。おばちゃんやで」とヒソヒソ話《ばなし》していて、笑ってしまいます。

絵本を読んでいる時に、1歳児のMちゃんが私のスカートをしっかり握っているのに気づいて、〝お母さんと離れて淋しいのでしょう〟と胸が熱くなりました。あれから17年、今では高校生ね。幸せで居て欲しい…と願っています。

クリスマス会に招いて頂いて子供クラスの劇を観に行くと、2歳のRちゃんが大活躍！。黄色の服を着せてもらってアヒルさんの役。ちゃんとせりふ（？）の箇所を覚えて、「ガア、ガア」と鳴く姿の可愛いこと。感動して涙が出そうになり、スタッフさんに「Rちゃんの御家族は来られてますか？」と尋ねましたが、「残念ながら…」と、首を横に振っておられました。Rちゃんは、今では立派な若者、成人ですねぇ。元気でね。

十五. ふるさとは、瀬戸内海の「粟島」

最近は、「うどん県」とも呼ばれている香川県内、三豊《みとよ》市詫間町の「粟島」は、私が生まれて10歳で神戸に移るまで育った大好きなふるさとです。

面積は3・72平方キロメートル、徒歩でも3時間ぐらいで島めぐりが出来そうです。私が子供の頃には約3000人だった人口は、70年経った現在は150人ぐらいに減り、歩いていても、猫は居るがなかなか人に会えない。

島に行くには、三豊市の須田港からフェリーで約10分で粟島港に到着。島民のほとんどが高齢者だが、〝ボーイズ・アンド・ガールズ〟と名付けてボランティアしておられるユーモアが素敵。船の発着時には、何人かの方が来訪者の出迎えやお見送りをして下さる温かい・・・・おもてなしが嬉しい。

瀬戸内海に約700ある島の1つである粟島にも、テレビ番組の取材で、笑福亭鶴瓶さん、藤井フミヤさん、KABA.ちゃん、北川景子さんが来られました。

かつて「粟島」には、日本最古の国立船員養成所があり、船乗りの多いことで知られていました。今も残っているその建物に隣接するホテル「ル・ポール粟島」に夏に泊まれば、美しい青い光を放つ「海ほたる」が見られるかも知れません。

港から徒歩数分で、新聞・テレビでもよく紹介されている「漂流郵便局」があります。2013年の「瀬戸内国際芸術祭」で、アーティストの久保田沙那さんの作品として開局しました。この小さな島に、全国から、行き場のない思いをつづった手紙が届き、「局長」を務める中田勝久さん(89)は、1通1通に受信スタンプを押しておられます。開業から10年以上で届いた手紙は2024年2月7日現在で5万7千通を超えています。

島には、3年毎の芸術祭の年には、アフリカ人やインド人も来られて島民と交流していて、ほほえましい。私が2018年に娘と一緒に漂流郵便局を訪ねた時には、アメリカのシアトル市から来られた青年と、「私は、この島で生まれ育ったのよ。今住んでいる神戸とシアトルはシスターシティ(姉妹都市)ですね。ウェルカム トゥー ジャパン アンド アワシマ」と、楽しく話し合いました。彼は、日本語を少し話したので、私のオリジナルCD、♪「ウイラブ粟島（ふるさと応援歌)」をプレゼントしました。翌日のイベントでは、神戸から車を運転して下さったFさんのギター伴奏で、この歌を歌いました。

漂流郵便局長の中田さんは、45年間本物の「粟島郵便局」の局長を務めた後、いつも笑顔で楽しそうに島のボランティアとして色々お世話されていました。

2001年に、私のオリジナル曲、♪「3度目の成人式（還暦讃歌）」が新聞・テレビで紹介された時には、三豊市詫間《たくま》町の「マリンウェーブ」で行われた町内カラオケ大会にゲストとして招いて下さいました。その時、粟島小学校での恩師と数人の同級生がお祝いの花束を持ってステージに上がって下さった。50年ぶりの再会は予期せぬ喜びで、その後の同窓会を、三豊市、神戸市、京都市で一緒に楽しめたことは、良い想い出になり嬉しい。

また、中田さんが、私の長姉の同級生で、遠縁に当たることを最近知り、思いがけない不思議なご縁に驚いています。

粟島のためにも、これからもお元気で…と、願っています。

十六．父母の人生を想う

父は和歌山県出身で、戦前から私の伯父（母の兄）とは船員仲間だったようです。２人が働いていた船会社は、現在スポーツキャスターとして活躍されている松岡修造さんのおじい様が経営されていました。

後に第２次世界大戦が始まり、父は徴用船の船長として出征し、昭和19年４月、私が２歳半の時にボルネオ近くの海で戦死しました。

私が10歳の時、父の最後を知る機関長だった方が母と私をご自宅に招いて詳しく話して下さいました。

悲しいお話でした。船員さんたち全員をボートで逃がした後、父は一人船に残って亡くなった由。「船長室に家族の写真を飾っておられた子煩悩な船長でした」とも…。

世界では、今も悲惨な戦争が行われていることが悲しく、心から〝世界の平和〟を祈っています。


29年前の阪神・淡路大震災の半年後に81歳で亡くなった母の人生も苦労続きでした。30歳の時に夫の戦死で残された、9歳、5歳、2歳の娘3人を女手一つで育ててくれたのは、どんなにか大変だったことでしょう。

いつも明るく、愚痴を言ったのを耳にしたことがなかった母でしたが、「名誉の戦死者」として届いた父への小さな勲章を前に、「こんなのは要らないから帰ってきて欲しかった」とぽつりと話していました。

厳しい暮らしの中でも、洋裁の上手な母は自分の着物を1枚つぶして娘3人にお揃いのワンピースを作り、いつもオシャレな恰好をさせてくれました。

瀬戸内海の小さな島で生まれ育った母でしたが、決断と行動の人だったと思います。男手の無いわが家での母は、持ち山の松の大木を大きなノコ切りでメリメリと切り倒して輪切りにし、年齢に合わせて3人の幼い娘たちに背負わせて持ち帰り、オノで薪を作りました。

その後、娘たちの教育のために、山も畑も、住んでいた家さえも処分して神戸に移り、父が生前に勤めていた会社に、伯父（母の兄）とともにビルの管理人と受付係として雇って頂けました。

社長だった修造さんのおじい様は、とても長身の優しい方で、ビルの一室に住まわせて下さって、船で戦死した遺児の私は時々お声をかけて頂きました。

10歳（小5）で粟島から神戸小学校に転校した私は、車が恐かったことを覚えています。「あの時神戸に来ていなかったら、私達は会えなかったねぇ」と夫と話し合っています。人生の不思議な巡り合わせは、私の父と母の場合と同じ。

気丈な母だったが、65歳で退職して元町のマンションに住んでいた頃は、娘3人も結婚し、ゆっくり1人暮らしを楽しんでくれました。小さなキューピーちゃんの人形には、季節ごとに可愛い手作りの洋服を縫ったり編んだりして着せていた優しさと可愛いところもある素敵な母だった。

79歳で夫の50回忌をした後、脳卒中で寝たきりになり、姉と私が交替で介護した。81歳で亡くなった日は私の当番で、駆け付けて下さった救急隊の方が首を横に振られた後も、私は声を限りに、「ママ、有難う」と泣きながら大声で繰り返したが、どうしても「さようなら」は言えなかった。

この経験から、後に私は、

♪「ありがとう　そして　さよなら」

というオリジナル曲を作り、
「ありがとう　そして　さよなら
　この人生で会えた人
ありがとう　そして　さよなら
　いつも支えてくれた人
あなたに会えて幸せでした
　楽しい日々でした」
（後略）

……と歌っています。

十七．先に生まれた者として

平凡に80年あまり生きて、今思う――。
人生は喜怒哀楽の込められた不思議で深いもの。味わって生きて感動するもの。倖せは、思い残しのないことかしら。
長い人生を充実させてくれたのは、
音楽、読書、人との出会い、家族、そしてユーモアの心かな。
本当はね、
2歳の時に父が戦死したり、友人たちが阪神・淡路大震災で亡くなったり、悲しいこともあったけど、いつも明るい家族と、〝ユーモア魂〟で乗り越えられたの。

先に生まれた者として伝えたいこと——。

好きなこと、興味のあることを長〜く続けていると、老若男女のいい友達ができますよ。

歌や楽器なら、いつから始めても楽しければOKだけど、体験から、ぜひ、私があなたに勧めたいのは「英会話」です。

何とかコミュニケーションが取れると、海外旅行や、アジアでのボランティアも感動があるし、楽しいわよォ。

私ね、

子供たちが独立した62歳からクメール語を少し覚えてカンボジアを5回訪ねて英語と日本語を教えるボランティアをして交流を楽しみ、

♪「好きです　カンボジア」という歌を作って、地雷で手足をなくしても明るく頑張っている子供たちと一緒に歌って、とっても仲良くなれましたよ。

そのために65歳からギターも習い始めたのよ。しわしわの手だけど、いい音が出ると、フフッて笑っちゃうの。

あ、それからね、

いい恋をして、人を愛すること、人に愛されることの素晴らしさを知って欲しいわ。

苦しい時は、

青空を静かに流れる白い雲に、

夜は、月や満天の星に向かって、

あなたの夢や希望を、
時には悲しみや苦しみを語り、
癒やされて
また　力強く　歩んでね。
きっと大丈夫よ。

私は今、人生の最終章を迎えて――
世界の真の平和と
病気や困難の中にある人達のことを
神様にお祈りしながら、
長いおつき合いの人々に
♪〝ありがとう　そして　さよなら〟

と自作の歌を歌いつつ、
ひっそりと咲く可憐な野の花や
美しい夕陽を眺めながら、
残された人生を感謝して過ごしていきます。

おわりに

私には、阪神・淡路大震災の半年後に亡くなった80代で1年余り寝たきりの母を、姉と交代で4泊ずつ実家に泊まって介護した体験がありましたが、当時は53歳だったせいか、心身への負担は今ほどではありませんでした。やはり、老老…ということは厳しいです。

老老介護中の皆様、これから介護を始められる皆様、あなたの心身を大切にして下さいね。一緒に頑張りましょう！

（終）

〈付記〉

38歳でクリスチャンになった私の座右の銘は、

〝いつも喜んでいなさい。

絶えず祈りなさい。

全てのことについて、感謝しなさい。〟

（第1テサロニケ5章16、17、18節）

福岡キコ

本名、喜子（よしこ）

1941（昭和16）年香川県三豊市の粟島で生まれ、10歳で神戸市に。兵庫県立神戸高等学校、パルモア学院（英語本科4年）卒業後、外国商社で勤務。英語絵本の読み聞かせびと。シンガーソングライターの端くれ（自称）。

福岡キコのオリジナルCD

1. 3度目の成人式（還暦讃歌）※
（作詞・作曲：福岡キコ）
2. 好きです カンボジア※
（作詞・作曲：福岡キコ）
3. 人生の四季の歌※
（作詞：福岡キコ、作曲：岡本ひでひと）
ありがとう そして さよなら
（作詞・作曲：福岡キコ）
4. ウイ ラブ「粟島」（ふるさと応援歌）※
（作詞：福岡キコ、作曲：岡本ひでひと）
5. カトマンズの虹（ネパールに捧ぐ）
（作詞：増田守男、作曲：村上和彦、唄：福岡キコ）

※の曲は、岡本ひでひと氏のYouTubeチャンネルにアップしています。
https://www.youtube.com/@岡本ひでひと

老老介護《ろうろうかいご》は100点《てん》を目《め》ざさないで

2024年11月30日　初版第1刷発行

著者・発行者　福岡《ふくおか》キコ

制作・発売　神戸新聞総合出版センター
〒650-0044　神戸市中央区東川崎町1-5-7
TEL 078-362-7140
FAX 078-361-7552
https://kobe-yomitai.jp/

ISBN978-4-343-01248-7 C0095